이 시 환 의 아 포 리 즘
aphorism

생각하는 나무

신세림출판사

이시환의 아포리즘

생각하는 나무

　시(詩)를 쓰는 삶을 살면서 홀로 있는 시간을 많이 누렸
다. 대다수의 세상 사람들이 동쪽으로, 동쪽으로 몰려갈
때에 나는 어리석게도 서쪽으로, 서쪽으로 거슬러 갔다.

　나는 60여 년을 살아오는 동안 시(詩) 700여 편에, 크고
작은 문학평론집 여남 종과, 심층여행 에세이집 네 종과,
종교적 에세이집 한 종, 그리고 논픽션 한 종, 명상법 등의
책을 펴냈으며, 그밖에 다수의 편저(編著)를 펴냈다.

　그런 내 지나온 삶을 두고 성실하게 한 우물을 팠다고 말
할 수도 있지만 내 스스로 뒤돌아보자면 여전히 부끄럽기
짝이 없다. 그나마 다행인 것이, 지금껏 문장(文章)과 더불
어 살아오면서 새기어 볼만한 의미가 깃들어 있다고 여겨
지는 나의 말, 나의 문장을 정리해 왔고, 그것들을 재음미
하면서 한 권의 책으로 펴냄으로써 나의 사유세계 속 단면
을 드러내어 세상 사람들과 공유할 수 있게 되었다는 점이
다.

나는 이제 내리막길로 치닫는 후반부 인생을 잘 살기 위해서, 오감의 문을 활짝 열어 놓고, 더욱 깊게 사유하며, 자신과의 대면시간을 늘여가고자 한다. 그러기 위해서라도 반드시 벗어던져야 하는 뱀의 허물과도 같은 이 문장들을 정리하여 세상에 내어 놓는다마는 나와 달리 동쪽으로 달려간 사람들에게는 이미 유치한 말이지나 않을까 걱정되는 것도 사실이다.

　원컨대, 소인(小人)처럼 세상의 변두리를 서성이며 아직도 방황하는 이들이 있다면, 그들에게 잠시 걸터앉아 쉬면서 생각할 수 있는, 비록 낡았지만 꼭 있어야 할 자리에 있는, 유용한 벤치라도 되어준다면, 아니, 점심식사 후에 마시는 커피 한 잔의 여유(餘裕) 혹은 그 사유 공간의 여백(餘白)에서 움터 자라나는 한 그루 나무가 되어준다면 더없이 즐거운 일이라 생각한다.

2016년 6월
이 시 환

생각하는 나무 _ 이시환의 아포리즘aphorism / **차 례**

제1부

존재 근원, 신(神), 종교, 생명, 죽음

중요한 것은

아주 작지만 가장 깊은 곳에 있다.

−이시환의 아포리즘aphorism 1

하늘에서는 아기별이 태어나고,

땅에서는 꽃이 진다.

—이시환의 아포리즘aphorism 2

빛이 있기에 어둠 있고, 어둠 있기에 빛이 있다.

그러므로 빛이 없다면 어둠의 의미가 없고,

어둠이 없다면 빛의 의미 또한 없다.

−이시환의 아포리즘aphorism 3

세상은 살아있는 자의 것이고,

아름다움은 향유하는 자의 것이다.

—이시환의 아포리즘aphorism 4

지극히 아름다우면 그 자체로서 진실하고,

진실하면 그 자체로서 아름답다.

−이시환의 아포리즘aphorism 5

아름다움이란

선악(善惡)·시비(是非)를 초월한 감각적 욕구이다.

—이시환의 아포리즘 aphorism 6

아름다움은

눈물을 요구하기도 한다.

-이시환의 아포리즘aphorism 7

눈물은

인간의 심신을 맑게 씻겨주는 묘약이다.

—이시환의 아포리즘aphorism 8

깨달음이란,

작게는 지속적인 사유과정을 통해서 얻어지는
사실에 대한 인식이며,

크게는 그 축적된 사실들에 대한
통합적 통찰력의 결과이다.

-이시환의 아포리즘aphorism 9

통찰력이란

겉으로 드러난 현상이나 상황 등의 대상을 통해서

그 이면의 질서나 원리를 꿰뚫어보는 능력이다.

—이시환의 아포리즘aphorism 10

불가(佛家)에서 말하는

색(色)은 공(空)의 꽃이고, 공은 색의 고향이다.

−이시환의 아포리즘aphorism 11

우주 만물의 근원은 무(無)가 아니다.

어떻게 '없음'에서 그 무엇이 나오겠는가?

만물의 근원은 처음부터 유(有)이며,

그것으로부터 모든 것이 비롯됐다.

그러나 그 유는 인간의 눈으로 보기에 공(空)일 뿐이다.

나는 그것을 두고 만물의 근원이라 하고,

그것의 작용과 변화를 포괄하여 현상(現狀)이라 하며,

그 현상들을 일으키는 근본원리를 신(神)이라 부른다.

—이시환의 아포리즘aphorism 12

만물의 씨앗은 처음부터 있었다.

나는 유형의 그것을 '신(神)'이라 부르며,

지금 내 앞에 펼쳐져 있는 세상이야말로

그의 꽃이요, 그의 뜻이라고 생각한다.

신은 선악을 구분하지 않는다는 뜻이기도 하다.

−이시환의 아포리즘aphorism 13

존재하는 것들의 고향은 공(空)이나

그 공은 절대적인 무(無)가 아니라

만물을 낳을 수 있는 바탕으로서

사람의 눈에 보이지 않을 뿐이다.

따라서 온갖 것들은

그의 씨앗을 내장한 공(空)에서 싹을 틔웠을 뿐이다.

부처가 영원하다고 믿는 바도 바로 그것인데,

그것은 처음부터 있었고 없어지지도 않는

하나의 종자(種子)일 따름이다.

-이시환의 아포리즘aphorism 14

모든 생명체가 생로병사의 과정을 거치듯이

우주(宇宙) 또한 그러하다.

−이시환의 아포리즘aphorism 15

우주는 하나의 사실이다.

−이시환의 아포리즘aphorism 16

우주가 가까이 혹은 멀리 있는 게 아니라

내 안에 있고,

내가 우주 안에 있을 따름이다.

—이시환의 아포리즘aphorism 17

신(神)이란,

인간이 스스로 위로받고 스스로 행복해지기 위해서

끌어들이는 관념적인 존재일 뿐이다.

−이시환의 아포리즘 aphorism 18

신은 말하지 않으나 인간이 말할 뿐이다.

신이 인간을 창조한 것이 아니라

인간이 신을 창조하였다는 뜻이다.

–이시환의 아포리즘aphorism 19

무릇, 종교(宗敎)란 신이 거주하는 오래된 집이다.

그 집조차 인간에 의해서 부단히 보수 · 증축되어가지만

결국 인간의 마음(→영혼)이 머물고자 하는

궁전일 뿐이다.

−이시환의 아포리즘aphorism. 20

인간의 진화와 함께

종교도 진화한다.

−이시환의 아포리즘aphorism 21

과거 신전이란 신전은 다 무너졌다.

결국, 무너지지 않는 신전은 있을 수 없다는 뜻이다.

—이시환의 아포리즘aphorism 22

'믿으시기 바랍니다'라고 말할 수밖에 없는 것이

종교의 한계이다.

−이시환의 아포리즘aphorism 23

천국도 지옥도 다 내 마음 안에 있는

그림일 뿐이다.

−이시환의 아포리즘aphorism 24

영(靈)이란

나를 나답게 하는 가치관의 핵으로서 고착된 믿음이지만

나를 가두는 덫이기도 하다.

-이시환의 아포리즘aphorism 25

몸을 떠난 영혼이란 있을 수 없으며,

영혼 없는 몸이란 이미 주검에 지나지 않는다.

　　　　　　　　　　　　　　　　　—이시환의 아포리즘aphorism 26

믿음이란 판단의 결과에 대한 주장이지만

반드시 옳은 것만이 아니다.

지구가 태양을 중심으로 돌고 있어도

태양이 지구를 중심으로 돌고 있다고

믿고 주장했던 것처럼 말이다.

−이시환의 아포리즘aphorism 27

마음이란

생명의 욕구를 담아내는 '그릇'이자

그것을 되비추어 보는 '거울'이다.

—이시환의 아포리즘aphorism 28

몸과 마음은 분리될 수 없지만

몸이 마음의 집이라면

마음은 몸의 주인이다.

-이시환의 아포리즘aphorism 29

생명이란

유기적인 관계에 있는 구조물의 기능이다.

−이시환의 아포리즘aphorism 30

생명이란

구조물의 기능으로서 작동되고자하는 하는,

바탕에 깔린 욕구로서 본능이다.

생명이란

살고자하는 욕구이자 그것을 갖게 하고

실현시키고자 하는

몸[구조물] 안에서의 생화학적 물질대사이다.

−이시환의 아포리즘aphorism 32

아버지 하나님은

인간에게 영생(永生)을 원치 않으셨는데,

아들 예수님은

인간에게 영생하는 비법(秘法)을 가르쳐 주셨다.

한쪽에서는 무아(無我)를 주장하면서

다른 한쪽에서는 참나(眞我)를 직시하라는 것이

부처님 세계이다.

―이시환의 아포리즘aphorism 34

존재는 균형이며,

이완을 꿈꾸는 긴장이다.

−이시환의 아포리즘aphorism 35

생명이 긴장이라면

죽음은 이완이다.

−이시환의 아포리즘 aphorism 36

생명의 불길 속에는

늘 죽음이 함께 숨 쉬고 있다.

—이시환의 아포리즘aphorism 37

죽음이란

유기적 구조물의 기능 정지일 뿐이다.

−이시환의 아포리즘aphorism 38

죽음과 가까이 있으면 있는 만큼

죽음을 지각하지 못하기 때문에

죽음을 두려워할 아무런 이유도 필요도 없게 된다.

인간의 어떠한 장례식도

산 자의 소망이 반영된,

죽은 자에 대한 예의일 뿐이다.

—이시환의 아포리즘 aphorism 40

한 사람을 땅에 묻고 나면,

'그가 어떻게 살았느냐'와 '그가 어떻게 죽었느냐' 라는

두 개의 기둥 같은 질문이 남는다.

—이시환의 아포리즘 aphorism 41

죽음이 있기에

인간 삶이 거룩해질 수 있으며,

그 의미가 더욱 깊어지는 것이다.

−이시환의 아포리즘 aphorism 42

죽음이란

'절대평등세계'로 들어가는 관문으로

내가 위로 받을 수 있는 가장 강력한 진실이다.

-이시환의 아포리즘aphorism 43

제2부

대자연의 질서 그 아름다움

검은 돌에서 검은 모래 나오고

흰 돌에서 흰 모래 나오듯,

붉은 돌에서 붉은 모래 나온다.

-이시환의 아포리즘aphorism 44

한쪽에서 부서지면

다른 한쪽에서는 쌓이는 법이다.

-이시환의 아포리즘aphorism 45

바다가 솟아올라 산이 되고

땅이 내려앉아 바다 되었듯이,

산이 바다 되고

바다가 뭍이 될 날이 있으리라.

-이시환의 아포리즘aphorism 46

자연(自然)은 균형을 지향하고,

균형(均衡)은 최고의 선(善)이다.

선은

돌 하나를 올려놓아도 무너져 내리고,

돌 하나를 빼어내어도 무너져 내리고 마는

긴장이요, 아름다움이다.

−이시환의 아포리즘aphorism 47

나의 경전(經典)은

내가 아침저녁으로 바라보는 저 산(山)이다.

나의 입속으로 들어가는 것 중에는

자연에서 나오지 않은 것이 없다.

—이시환의 아포리즘aphorism 49

인간의 오만한 문명조차도

자연이 허락하는 범위 안에서 존재할 뿐이다.

-이시환의 아포리즘aphorism 50

무질서는 질서를 낳고,

격식은 파격을 낳는다.

—이시환의 아포리즘aphorism 51

선악을 분별하지 않는 대자연의 역사는 담백하지만

그를 분별하는 인류의 역사는 사악하기 그지없다.

—이시환의 아포리즘aphorism 52

대자연이 슈퍼컴이라면

인간은 그 안에 내장된

하나의 작은 프로그램에 지나지 않는다.

−이시환의 아포리즘aphorism 53

주검이란 마땅히 썩어야 할 쓰레기이다.

-이시환의 아포리즘 aphorism 54

거기, 아마존이 있을 때에는 다 이유가 있다.

−이시환의 아포리즘aphorism 55

나는

자연이란 품에서 나와 마음껏 응석을 부리다가

결국 그의 품안으로 돌아간다.

-이시환의 아포리즘aphorism 56

내 삶은 잡음에 지나지 않지만

그 잡음조차 아름다운 음악으로 만들어 듣는 이가 바로

대자연이다.

−이시환의 아포리즘aphorism 57

필사적으로 물을 찾아온 코끼리나 물소떼가 있다면

이들을 기다리는 사자나 표범도 있게 마련이다.

－이시환의 아포리즘aphorism 58

어둠을 어둠이게 하고,

빛을 빛이게 하라.

−이시환의 아포리즘 aphorism 59

제3부

인간 욕망, 모순, 삶의 의미, 사랑, 행복

인류 최대의 적은 인간 자신이다.

-이시환의 아포리즘aphorism 60

인류의 지나친 행복이 재앙을 부른다.

-이시환의 아포리즘aphorism 61

인간의 승리가 곧 파멸이다.

-이시환의 아포리즘aphorism 62

인간을 한낱 굶주린 동물로 만드는 것은

'상대적 우월성'을 확보하려는 욕구이다.

—이시환의 아포리즘aphorism 63

상대적 빈곤이 커질수록

인간은 과격해진다.

-이시환의 아포리즘aphorism 64

인류가 욕구를 자제하지 않는다면

악어를 삼킨 비단뱀과 다를 바 없으리라.

지구 생명의 시간은

오전보다 오후가 짧다.

-이시환의 아포리즘aphorism 66

우리는 불확실한 시대를 살고 있는 게 아니라

가장 명료한 시대를 살고 있다.

자연과 인간, 인간과 문명,

문명과 자연 사이의 관계에서

우리의 대응 양식만이 남아있기 때문이다.

−이시환의 아포리즘aphorism 67

새장은

아름다운 새를 독차지하겠다는 욕심과 집착에서 나온 것이다.

오래 가둬놓아 그로 하여금 탈출을 꿈꾸게 하지 마라.

오히려 풀어주라. 그리하면 날아갔던 새도 돌아오리라.

인간은 단 한 차례도 신(神)을 대면하지 못했으면서

마치 본 것처럼 그를 형상화한다.

―이시환의 아포리즘aphorism 69

태산(泰山)이 높다하나 하늘 아래 뫼이고,

5악(岳)이 영험하다하나 사람의 마음에서 비롯됨이다.

−이시환의 아포리즘aphorism 70

평화를 외치는 이들의 입속에

전쟁의 가시가 돋아 있듯,

민주를 외치는 이들의 몸에

비민주가 배어 있다.

−이시환의 아포리즘 aphorism 71

겸손을 강조하는 사람일수록 겸손하지 않을 확률이 높다.

겸손은 말하지 않아도 보이는 것이고 느껴지는 것이기에

굳이 강조할 필요가 없기 때문이다.

-이시환의 아포리즘aphorism 72

이 지구상에서 가장 아름다운 것이 있다면

그것은 바로 인간이다.

그러나 가장 추한 것 역시 다름 아닌

인간일 뿐이다.

-이시환의 아포리즘 aphorism 73

온갖 문제를 야기시키는 주체도 인간이지만

그 문제 해결의 열쇠를 만드는 주체 또한 인간이다.

−이시환의 아포리즘aphorism 74

지구를 한 알의 호두알처럼 깨어서 먹어 치우는 것이

바로 인간의 끝없는 욕구임에 틀림없지만

지구의 수명을 연장시키려는 노력을 할 수 있는

희망적인 존재도 다름 아닌 인간이다.

−이시환의 아포리즘aphorism 75

자연환경이 열악할수록

그에 대한 경외감이 크다.

−이시환의 아포리즘aphorism 76

살기 힘들수록

신에 귀의하려는 경향이 짙다.

—이시환의 아포리즘aphorism 77

'꿈'조차 위로 받기 위해서

스스로 만들어 갖는 한 양식(樣式)이다.

−이시환의 아포리즘aphorism 78

무릇, 돈과 권력이 많으면 오만해지기 쉽고,

오만해지면 죽음조차도 포장하려 드는 것이 바로 인간이다.

—이시환의 아포리즘aphorism 79

주위 사람들이 나에 대해서 어떻게 생각하는지도 모른 채

자기 중심적으로 생각하고 행동하는,

고집을 피우는 태도야말로 병중에 병이다.

−이시환의 아포리즘aphorism 80

내 앞에서 칼을 휘두르는 사람이 무서운 게 아니라

자신의 속마음을 숨기고 있는 사람이 더 무섭다.

—이시환의 아포리즘aphorism 81

온실 안에서 오래 살다보면

온실 밖이 그리워지는 법이다.

−이시환의 아포리즘aphorism 82

'평화'라는 온실, '자유'라는 온실,

이런저런 온실 안에 살면서 온실 밖을 그리워하는 게 인간이다.

그래서 평화는 폭력을 부르고,

폭력은 평화를 부른다.

-이시환의 아포리즘 aphorism 83

겨울 내내 두터운 외투의 포근함 속에서 살던 사람들은

봄이 왔어도 그것을 벗지 않으려 한다.

우리의 고정관념이나 편견이 바로 그 외투와도 같은 것이다.

−이시환의 아포리즘aphorism 84

높고 견고한 '관념'이란 성(城)을 쌓지 마라.

그 성안에 스스로 갇히어 살 뿐이다.

−이시환의 아포리즘 aphorism 85

진정한 자유란

몸이 감옥에서 풀려나는 것이 아니라

관념의 덫으로부터 풀려나는 것이다.

−이시환의 아포리즘aphorism 86

산다는 것은

부단히 손발을 움직이고,

허리를 휘며,

머리를 쓰는 일이다.

그것들은 결국 자신의 욕구와 욕망을 충족시키기 위한

활동에 지나지 않는다.

−이시환의 아포리즘aphorism 87

산다는 것은

고해(苦海)가 아니라

고통이 무엇이고 기쁨이 무엇인지를 체감할 수 있는

기회를 허락받은 축복이다.

-이시환의 아포리즘aphorism 88

산다는 것이 고통이라면

즐거움을 내장한 고통이요,

즐거움이라면

고통을 내장한 즐거움이리라.

−이시환의 아포리즘aphorism 89

숲 속에 살든 도심 속에서 살든

인간의 욕구 충족 활동과 경쟁은 불가피하다.

다만, 그 정도 차이가 있을 뿐이다.

−이시환의 아포리즘aphorism 90

욕구 충족활동 과정의 불가피한 경쟁과 충돌은

우리에게 희비극을 안겨 주지만,

사회 발전의 원동력이 되기도 한다.

−이시환의 아포리즘 aphorism 91

매사를 아름답게, 긍정적으로 보려는 자세와 노력이야말로

스스로를 즐겁게 한다.

-이시환의 아포리즘aphorism 92

스스로 만족하고 스스로 즐거워하는 이가

진정으로 행복한 사람이다.

−이시환의 아포리즘aphorism 93

믿음과 소망이란

현실적 고통과 죽음까지도 초월하게 하는 힘의 원천이다.

-이시환의 아포리즘aphorism 94

인간의 모든 기능이 정지되는 순간까지

꼭 붙잡고 있는 '의식(意識)의 끈'이 무엇이냐에 따라서

죽음을 맞이하는 이의 행·불행이 결정된다.

−이시환의 아포리즘 aphorism 95

문명이란

인간의 욕구를 충족시켜 주는 수단이자

그 욕구가 가시화되는 형식이다.

과학이란

진실에 이르려는 가장 합리적인 방법이요, 지름길이며,

그것의 결실이자 인류의 희망이다.

−이시환의 아포리즘aphorism 97

사는 동안 누군가의 가슴에

못을 박는 일만큼은 피해야 한다.

-이시환의 아포리즘aphorism 98

한 번 금이 간 마음은 복원되었다 해도

원래와 같지는 않다.

−이시환의 아포리즘aphorism 99

사는 동안 그 누구에게든

정신적 · 물질적 피해를 주지 않는 삶이야말로

가장 위대한 삶이다.

−이시환의 아포리즘aphorism 100

복(福)이란 나를 즐겁게 하는 것이며,

그 즐거움의 정도와 그 시간의 길이에 따라

그것의 크기가 결정될 뿐이다.

-이시환의 아포리즘aphorism 101

복에는

우연히 주어지는 것과 스스로 노력하여 얻는 게 있는데

그 대부분은 후자에 속하지만

많은 사람들은 전자를 갈망한다.

−이시환의 아포리즘aphorism 102

지나친 기쁨은 오만을 부르고,

오만은 타락을 부르고,

타락은 파멸을 부른다.

—이시환의 아포리즘aphorism 103

누군가에게 무언가를 베풀 수 있을 때가

그래도 즐겁고 행복하다.

−이시환의 아포리즘aphorism 104

사람들은 저마다 달리 가지는,

자기 눈으로 세상을 보고,

자기 그릇에 담기 때문에

오해가 생길 수 있고

동시에 '개성'이란 꽃이 피기도 한다.

—이시환의 아포리즘 aphorism 105

기쁨 속에 슬픔 있고,

슬픔 속에 기쁨 있다.

−이시환의 아포리즘aphorism 106

슬픔은

인간의 영혼을 맑게 씻겨주는 물이다.

-이시환의 아포리즘aphorism 107

무릇, 시어머니는 며느리를 탓하기 전에

아들을 먼저 탓해야 한다.

-이시환의 아포리즘aphorism 108

부부가 30년을 넘게 함께 살았다면 상대방을 욕하지 마라.

누워 침 뱉기에 지나지 않기 때문이다.

내가 웃으면 네가 울고,

네가 울면 내가 웃는 것이

경쟁사회에서의 사람과 사람 사이의 이해관계이나

함께 웃고 함께 우는 것이

진정한 사랑이요, 자비다.

—이시환의 아포리즘aphorism 110

진정한 사랑이란

나를 포기하는 것으로부터 시작하고,

나를 버리는 것으로써 완성된다.

−이시환의 아포리즘 aphorism 111

제4부

사회, 문명, 역사

인간을 인간답게 하는 것은 오로지 교육이다.

따라서 교육이 무너지면 인간이 무너지고,

인간이 무너지면 사회가 무너진다.

−이시환의 아포리즘aphorism 112

포스트 모던 사회란

다중(多衆)에 의해서 가치가 평가되고

그것의 우선 순위가 결정되는 사회이다.

—이시환의 아포리즘aphorism 113

대중이란

자신의 눈과 귀를 가지고도 남의 것을 빌려 살거나,

자신의 불완전한 눈과 귀밖에 모르는 이들이다.

−이시환의 아포리즘aphorism 114

천박한 자본주의 사회에서는

돈이 곧 인격이고 능력이다.

−이시환의 아포리즘aphorism 115

인간은 생명현상을 유지하고 고양시키는 데에 필요한

모든 에너지를 몸 밖에서 구해야하기에

경쟁이 불가피하고,

경쟁이 불가피하기 때문에

충돌이 또한 불가피하다.

그 충돌로 인한 피해를 최소화시키기 위해서

우리는 경쟁의 원칙을 만드는데

그것이 바로 인류사회의 갖가지 제도요, 법이요, 관습이다.

−이시환의 아포리즘aphorism 116

독도(獨島)는 예나 지금이나

우리의 주권이 미치는 우리의 영토임에 틀림없으나

어느 날 갑자기 일본의 땅이 될 수 있는 것이 바로

인류의 역사다.

−이시환의 아포리즘aphorism 117

인류의 근대사는 유럽이 썼고,

현대사는 미국이 쓰고 있다.

−이시환의 아포리즘aphorism 118

중국이 조상의 무덤을 파헤칠 때에

우리는 한강에 새로운 탑을 세워야 하고,

일본이 신사를 참배할 때에

우리는 소리 없이 잠수함을 건조해야

우리의 안녕이 보장된다.

−이시환의 아포리즘 aphorism 119

미국의 독선과 독주는

맞싸울 경쟁국을 키울 뿐이다.

−이시환의 아포리즘aphorism 120

어제가 있었기에 오늘이 있고,

오늘이 있기에 내일이 있다.

—이시환의 아포리즘aphorism 121

오늘은 어제라는 역사의 총합이다.

-이시환의 아포리즘aphorism 122

옳고 그름이 명백함에도 불구하고

입을 굳게 다물고 있는 이들이 많다는 것은

그 사회가 건강하지 못하다는 증거이다.

−이시환의 아포리즘aphorism 123

사려 깊지 못한 백성들은

자신에게 득이 되면 좋은 정책이고,

득이 되지 않으면 나쁜 정책이라고 여기게 마련이다.

－이시환의 아포리즘aphorism 124

물이 위에서 아래로 흐르듯

인간의 문명이 위에서 아래로 흐르고,

돈조차 많은 쪽에서 적은 쪽으로 흘러들게 마련이다.

−이시환의 아포리즘aphorism 125

오늘의 자[尺度]로 어제를 재단하면서 흥분하는 이는

대체로 역사학자가 아닌 정치인들이다.

−이시환의 아포리즘aphorism 126

말장난을 즐기거나 모래성을 쌓는 시인과 정치인을 멀리하라.

그들에겐 사람을 속이거나 세상사는 기교가 있을지 몰라도

진실이 결핍되어 있기 때문이다.

−이시환의 아포리즘aphorism 127

사실로서 진실은 조용하지만

사실이 아닌 거짓은 늘 시끄럽기 마련이다.

-이시환의 아포리즘aphorism 128

제5부

건강, 삶의 지혜

건강해야 한 번이라도 더 웃을 수 있고,

한 번이라도 더 세상 일미(一味)를 맛볼 수 있다.

맛있는 음식을 앞에 놓고도

입안에 넣지 못하는 날이 온다.

−이시환의 아포리즘aphorism 130

누워있는 시간이 지나치게 길거나

서있는 시간이 너무 많아도

건강을 해친다.

-이시환의 아포리즘aphorism 131

맛없는 물이

가장 맛있다.

-이시환의 아포리즘aphorism 132

건강하게 오래 살려면

눈과 귀조차 아껴 쓸 필요가 있다.

—이시환의 아포리즘aphorism 133

하나를 얻으면

다른 하나를 잃게 마련이다.

−이시환의 아포리즘 aphorism 134

평소에 몸이 하는 말을 귀 기울여 듣는 사람이

장수할 가능성이 높다.

−이시환의 아포리즘aphorism 135

진정한 의미에서 건강이란

신체가 크고 강건함에 있는 것이 아니라

오장육부의 조화로운 기능, 곧 그 균형에 있다.

−이시환의 아포리즘aphorism 136

마음으로는 사랑하는 이와 함께할 준비가 되어 있으나

몸이 뒤따라주지 않을 때에

비로소 늙었음을 자각하게 된다.

-이시환의 아포리즘aphorism 137

암보다 무서운 병이 있다면

그것은 바로 외로움이다.

−이시환의 아포리즘aphorism 138

독(毒)도 쓰기에 따라서는 약(藥)이 될 수 있듯이

약도 쓰기에 따라서 독이 될 수 있다.

사는 동안 자신에게 가장 치명적인 독(毒)이 되는 것은

의심(疑心)과 분노(憤怒)다.

―이시환의 아포리즘 aphorism 140

저마다 달리 가지는,

눈의 성능만큼 보고 마음의 그릇만큼 담게 마련이다.

—이시환의 아포리즘aphorism 141

너를 볼 수 있는 가장 훌륭한 거울이

바로 나 자신이다.

−이시환의 아포리즘aphorism 142

눈에 보이는 것으로써

보이지 않는 세계를 읽는 것은 지혜다.

−이시환의 아포리즘aphorism 143

무지는

인간의 삶을 가볍게 한다.

−이시환의 아포리즘aphorism 144

명상이란

숨 쉬는 나무들이 우거진,

도심 속 공원과도 같다.

−이시환의 아포리즘aphorism 145

명상이란

산위에 올라서서 사방을 내려다보는 것과 같이

자신을 훤히 들여다보는 일이다.

—이시환의 아포리즘aphorism 146

명상이란

온갖 현상에 매어 있으면서

그것들을 일으키는 근원과 눈 맞추려는 과정이요, 한 방법이다.

－이시환의 아포리즘aphorism 147

명상이란

자신의 감정과 욕구를 적절히 통제·제어하는

기술 습득 과정이다.

―이시환의 아포리즘aphorism 148

상대의 좋은 점보다는 나쁜 점이 더 크게 기억되듯

좋은 일은 쉬이 잊어버리지만

나쁜 기억은 오래 가게 마련이다.

−이시환의 아포리즘aphorism 149

사람들은 언제나

자기 기준, 자기 입장에서 생각하고 판단하는 경향이 있으므로

상대방의 입장에서 생각하려는 노력이야말로

연습이 필요한, 배려이자 삶의 지혜이다.

−이시환의 아포리즘aphorism 150

진정한 효도란

죽은 뒤에 엉엉 울지 말고

살아있을 때에 한 번이라도 더 웃게 하는 것이다.

−이시환의 아포리즘aphorism 151

살고자 하는 의욕이 없는 것은

자살행위와 다를 바 없다.

—이시환의 아포리즘aphorism 152

'놓아버리면 되는 것을

그 뜨거운 커피잔을 왜 들고 있느냐?'라고 충고하지만

끝까지 붙잡고 있는 자만이 그 커피맛을 볼 수 있다.

－이시환의 아포리즘aphorism 153

작은 것에 매달려 큰 것을 놓치는 어리석음은

부분을 보되 전체를 보지 못하는 데에서 오는 결과이다.

−이시환의 아포리즘aphorism 154

멀리 있는 사람들로부터 존경 받기는 쉬워도

함께 사는 가족으로부터 존경받기는 대단히 어렵다.

-이시환의 아포리즘aphorism 155

내 안에 불을 꺼야

바깥세상이 잘 보인다.

—이시환의 아포리즘aphorism 156

알아야

비로소 아는 것이 없다는 사실을 깨닫는다.

-이시환의 아포리즘aphorism 157

눈에 보이지 않는다 해서

존재하지 않는 것이 아니다.

—이시환의 아포리즘 aphorism 158

제6부

문학과 나

내가 일평생 시를 짓는다 해도

그것은 살아있는 한 그루 나무만 못하다.

−이시환의 아포리즘aphorism 159

글을 쓴다는 것은

결국 자신의 무지(無知)를 드러내는 일이다.

—이시환의 아포리즘aphorism 160

아는 것이 많다고 생각하나 무지하며,

바른 판단을 한다고 자부하지만 오판하며,

겸손한 척하지만 오만을 숨기고 있는,

크나큰 허물을 안고 사는 게 바로 나 자신이다.

-이시환의 아포리즘aphorism 161

인간 삶의 진실을 추구하는 것이 문학이라면

그것의 역사란 인간 자신에게 솔직해져 가는 과정이요,

그 한 방식일 뿐이다.

−이시환의 아포리즘aphorism 162

말로써 짓지 못할 집이 없고,

이루지 못할 일이 없다.

그만큼 공소하기 짝이 없는 것이

말임을 경계해야 한다.

-이시환의 아포리즘aphorism 163

글이란

표현자의 인격이고,

인격은

그의 심성과 지성에 뿌리를 두어야 한다.

−이시환의 아포리즘aphorism 164

현실 속에서는 시적(詩的)인 것이

시를 죽이고,

모방이

진정한 아름다움을 빼앗는다.

—이시환의 아포리즘aphorism 165

문학평론이란

작가의 문학적 역량이나 작품세계에 대하여 평가하는

논리적인 글이다.

평론가는 평론을 쓰는 과정에서 오판할 수는 있지만

자신이 판단한 내용을 가지고 거짓말하지는 않는다.

만일, 거짓말을 일삼는 이가 있다면

그는 이미 평론가가 아니다.

그럼에도 불구하고 작가들은 평론가에게

은연중 거짓말을 강요하는 경향이 있다.

—이시환의 아포리즘aphorism 166

조각가는 진지한 장난을 치지만

그것을 가지고 사람을 기만하는 줄도 모르고 기만하는

이가 있다면 바로 무지한 평론가이다.

세상 사람들이 알고 있는

문학계의 진실과 실재하는 그것이 다름은

부정할 수 없는,

엄연한 사실이다.

−이시환의 아포리즘aphorism 168

탐닉, 그것은 대상이 무엇이든지간에,

나를 열락의 꽃이 피는 수렁 속으로 끌고 들어가는 유혹이요,

한 쪽으로 기울어지는 배를 탄 위태로움이다.

그 위태로움을 즐기는 자를 두고

흔히 능력있는 예술가라 한다.

–이시환의 아포리즘aphorism 169

인간의 예술 활동이란

자연의 모방이거나 그것의 변용에 지나지 않는다.

-이시환의 아포리즘 aphorism 170

나의 암자는 깊은 산속에 박혀 있는 게 아니라

내 마음이 머무는 골방이다.

-이시환의 아포리즘aphorism 171

자기만의 골방에 홀로 머물 때에

절박한 기도가 터지고

새로운 문장이 나온다.

-이시환의 아포리즘aphorism 172

진흙 구덩이 속 깊이 박아 놓아도

결단코 진흙이 되지 않는 진실이 있기에

평생을 문장에 매달릴 수 있다.

-이시환의 아포리즘aphorism 173

이시환의 아포리즘 aphorism

생각하는 나무

초판인쇄 2016년 6월 25일 **초판발행** 2016년 6월 30일

지은이 **이시환**

펴낸이 **이혜숙** 펴낸곳 **신세림출판사**

등록일 1991년 12월 24일 제2-1298호

04559 서울특별시 중구 창경궁로 6, 702호(충무로5가, 부성빌딩)

전화 02-2264-1972 팩스 02-2264-1973

E-mail : shinselim72@hanmail.net

정가 **10,000원**

ISBN 978-89-5800-174-4, 03810